En estas tierras
In This Land

ↄp

Bilingual Press/Editorial Bilingüe

General Editor
    Gary D. Keller

Managing Editor
    Karen S. Van Hooft

Senior Editor
    Mary M. Keller

Assistant Editor
    Linda St. George Thurston

Editorial Board
    Juan Goytisolo
    Francisco Jiménez
    Eduardo Rivera
    Severo Sarduy
    Mario Vargas Llosa

Address:
Bilingual Review/Press
Hispanic Research Center
Arizona State University
Tempe, Arizona 85287
(602) 965-3867

En estas tierras
In This Land

Elías Miguel Muñoz

Bilingual Press/Editorial Bilingüe
TEMPE, ARIZONA

ISBN: 0-916950-92-1

Library of Congress Cataloging-in-Publication Data

Muñoz, Elías Miguel
    [En estas tierras. English & Spanish]
    En estas tierras = In this land / Elías Miguel Muñoz.
      p. cm.
    ISBN 0-916950-92-1
    I. Title. II. Title: In this land.
    PS3563.U494E513   1989
    811'.54—dc19   89-796

PRINTED IN THE UNITED STATES OF AMERICA

Cover design by Christopher J. Bidlack
Cover illustration by Denise Lehman
Back cover photo by Pierre Delafontaine

Acknowledgments

This volume is supported by a grant from the National Endowment for the Arts in Washington, D.C., a Federal agency.

The author and editors wish to acknowledge the prior appearance of some of the poems included here in the following publications:
"Retrato de mi madre," "Canción para una amiga vieja." *Chiricú*, Vol. 2, No. 2 (1981): 32-36.
"Canción para una amiga vieja." *Letras de Buenos Aires*, Año 1, No. 4 (septiembre 1981): 84-85.
"Guernica 1980," "Desde esta orilla," "La última vez (letanía de una disidente)." *Resumen Literario El Puente*, No. 21 (1981). N. p.
"La dama de letras." *El Ultimo Vuelo III*, No. 3 (1981): 44-45.
"Los niños de Newport Beach." *The Literary Gazette*, Vol. 7 (1981): 14.
"Los niños de Newport Beach/The Newport Beach Kids." *Nightsun*, No. 2 (1982): 24-27.

(Acknowledgments continue on page 142.)

CONTENTS/INDICE

A Marisel Reyes, en estas tierras;
A Ester Borges, en aquéllas.

To Marisel Reyes, in this land;
To Ester Borges, in that other one.

Acknowledgments

My first poems were written for the literary workshop that was started by José Agustín at the University of California, Irvine, in 1979, and which was later directed by Juan Villegas, Ester de Izaguirre, Angel González, Gustavo Sainz, Lucía Guerra, Julian Palley, and Poli Délano. I want to thank these writers and all the graduate students who participated in the workshop.

Previous versions of several of the poems that appear in this book were published in the following journals: *Nightsun, Prodigal Sun, The Literary Gazette, Maize, Letras de Buenos Aires, Tropos, Chasqui, El Ultimo Vuelo, Chiricú, Resumen Literario El Puente,* and *Mikrokosmos.* I want to thank all the editors for the opportunity they gave me. I should especially mention José Mario, who was the first to publish my poetry; Alurista, for his anthology *Literatura fronteriza;* Gary Keller and Francisco Jiménez, for their anthology *Hispanics in the United States: An Anthology of Creative Literature, Volume II;* and the Spanish publisher Catoblepas, for *Nueve poetas cubanos.*

My most sincere thanks to Miguel Gallegos and Karen Christian for their translations; to the friends who continued the workshop: Lydia, Marisel, Giorgio, Mechy, Josie, Cecil, Amanda, Yolanda, Eugenio, Noé, Zulema, Teresa, M. Julián, Grace, Juana, Marcela, Lorenzo; and to my student Jerry Smartt, for having discovered the little sister.

E.M.M.

Agradecimientos

Mis primeros poemas fueron escritos para el taller literario que iniciara José Agustín en la Universidad de California, Irvine, en 1979, y que fuera dirigido posteriormente por Juan Villegas, Ester de Izaguirre, Angel González, Gustavo Sainz, Lucía Guerra, Julian Palley y Poli Délano. A todos estos escritores y a los compañeros graduados que participaron en el taller va mi agradecimiento. Versiones anteriores de varios poemas aquí reunidos fueron publicadas en las siguientes revistas: *Nightsun, Prodigal Sun, The Literary Gazette, Maize, Letras de Buenos Aires, Tropos, Chasqui, El Ultimo Vuelo, Chiricú, Resumen Literario El Puente* y *Mikrokosmos*. A todos los editores agradezco la oportunidad que me dieron. Debo mencionar especialmente a José Mario, por haber sido el primero en publicarme; a Alurista, por su antología de *Literatura fronteriza*; a Gary Keller y Francisco Jiménez, por su antología *Hispanics in the United States: An Anthology of Creative Literature, Volume II*; y a la editorial madrileña Catoblepas, por sus *Nueve poetas cubanos*.

Mis más sinceras gracias a Miguel Gallegos y a Karen Christian, por sus traducciones; a los amigos del taller continuado: Lydia, Marisel, Giorgio, Mechy, Josie, Cecil, Amanda, Yolanda, Eugenio, Noé, Zulema, Teresa, M. Julián, Grace, Juana, Marcela, Lorenzo; a mi alumna Jerry Smartt, por haber descubierto a la hermanita.

E.M.M.

Introducción
El ingreso al espacio de El Dorado

Juan Villegas

El éxodo masivo, originado por dictaduras o "gobiernos fuertes", de grupos humanos hispánicos hacia los Estados Unidos ya ha dado origen a una variada y poderosa literatura. La crítica dominante ha puesto poca atención a la literatura producida por los exilados cubanos de los últimos treinta años. El interés se ha centrado predominantemente en la literatura que buscaba narrar la aventura individual o social de descendientes de mexicanos o puertorriqueños.

En estas tierras/In This Land de Elías Miguel Muñoz abre la veta de una rica experiencia histórica sobre la cual no se han oído muchas voces: la de los niños cubanos emigrados con sus padres a principios de la década del sesenta, su ingreso al mundo norteamericano, la presencia de Cuba en su imaginación y su perspectiva con respecto a su nueva residencia existencial. Aunque el conjunto no canta la experiencia colectiva y sus dimensiones abarcan más que la referencia cubana precastrista en la imaginación y el recuerdo de un niño, es posible que muchos lean estos poemas como esencialmente la experiencia social colectiva, tanto en sus aspectos de mitificación del pasado, como el sarcasmo compasivo con respecto al mismo y, finalmente, su visión del nuevo espacio vital y social en que fueron incorporados. El título mismo y la organización del poemario han de contribuir en gran parte a esta lectura.

El título—"En estas tierras"—supone una oposición implícita con "esas" o "aquellas" tierras, tanto en lo temporal como en lo espacial. En lo espacial es la antítesis "estas"—las tierras en que ahora me encuentro—con el espacio de "esas"—las tierras en que alguna vez estuve. En cuanto a lo cronológico, la dualidad se sustenta en el pasado-presente. El "esas" corresponde al pasado y el "estas" al presente. El poemario comienza, en realidad, con el espacio del recuerdo de "esas" tierras para concluir con el espacio del contorno inmediato de "estas tierras". Esta dualidad, esencial en la imaginación del poeta, explica la organización del volumen, gran parte de las imágenes, la selección de los personajes y, finalmente, la actitud frente al mundo del hablante. Los códigos poéticos son los de una poesía conversacional, de lenguaje cotidiano, sin exaltaciones sentimentales, en la cual el hablante tiende a dirigirse a un oyente de su ámbito próximo, limitado socialmente, las amistades o parientes. Las dedicatorias de muchos de los poemas contribuyen a conformar el aire de conversación. Son poemas con aire de modernidad, tanto dentro del ámbito norteamericano como de las nuevas tendencias poéticas latinoamericanas.

En la primera sección, "Retratos", el hablante se centra en el canto del pasado lejano o del presente tamizado por el pasado. "Aquellas tierras" se constituye en el motivo poético central, tanto por los personajes retratados como por el espacio en que habitan. La imaginación del hablante los aureola de un ámbito mágico, en el cual se constituyen en personajes de leyenda, pertenecientes al mundo del bien y del mal de los espacios primitivos. Mitificación que adquiere aún mayor significado desde la perspectiva de los últimos poemas del poemario. Los personajes emergen envueltos en un aire de leyenda existiendo en o en relación con un espacio que es explícitamente Cuba antes de la revolución castrista.

En el poema "Canción para una amiga vieja" emerge la "consejera" buena del mundo del mito: la que sabe todo y entra en contacto con la sabiduría de la tierra y del tiempo. La madre en "Retrato de mi madre" asume los rasgos de la madrastra vanidosa de *Blanca Nieves*. El "abuelo" tal vez es el que mejor representa la dualidad, dualidad que en el fondo es un poco también la del hablante, sin la connotación de senectud o desequilibrio implícitos en el poema. El abuelo, en uno de los poemas mejor logrados, vive en estas tierras, pero se alimenta con la creencia de la facilidad del regreso, regreso que le lleva a mitificar su propio pasado. La imagen total del personaje, sin embargo, es dramática, trágica, por cuanto nos descubre un personaje alucinado en el recuerdo, que ha perdido los sentidos. Sólo un viejo esclerótico no puede entender que entre Cuba y su residencia hay una gran distancia y que la historia parece no ser reversible. El poema es significativo para la totalidad

del poemario porque en el fondo, pese a la ternura poética y
afectiva con que le trata, le muestra al hablante que hay que estar
loco para no aceptar el exilio, rechazar la esperanza del regreso y,
finalmente, asentarse en el nuevo espacio vital:

> Le han puesto ganchos
> en la puerta del cuarto.
> Hay que tenerlo allí
> encerrado el día entero.
> Porque si sale, desnudo,
> le puede entrar la rabia,
> o el impulso de huir,
> de recorrer los
> matorrales
> de su infancia,
> de subir a las palmas
> reales,
> de tumbar el palmiche,
> de ayudar a su padre.
>
> Porque según mi abuelo
> no hay más que cruzar
> el umbral de la puerta
> para llegar a Cuba.

Las palabras finales del poema "Canción para una amiga vieja"
anticipan la tragedia del hablante y sus temores que, tal vez, le
impulsan a cantar: "Hoy su voz se va perdiendo / en las señales de
un campo sin guateques". Es decir, el recuerdo de "esas tierras"
también va desapareciendo. Los poemas de esta sección no son sino
un intento de aprehenderlo cuando ya han perdido su realidad y se
han transformado en leyenda. Desde esta perspectiva, el hablante
asume la función de cronista del pasado y conservador del
recuerdo. Por ello, el hablante de "El regreso" adquiere carácter
representativo:

> Para después,
> bajo el cielo del Norte,
> empezar a soñar
> con el regreso.

La segunda sección—titulada "Estados alterados"—se centra en una serie de experiencias significativas en la vida del hablante, experiencias que, parece sugerir, modelan sus comportamientos posteriores. El pasado lejano desaparece. Emergen nuevos personajes, el aire de misterio y leyenda de la primera se evaporan y es nueva la música que llena el espacio; nuevos también son los personajes que irrumpen en el nuevo espacio. La sexualidad y la violencia contribuyen a configurar su nueva realidad. El poema inicial, que da nombre a la sección, sugiere los niveles de realidad en que vive el hablante. Mientras se encuentra en una sala de cine, mira la película (plano 1), "presencia" el encuentro amoroso-sexual de un El y una Ella (plano 2) y, a la vez, tiene su propio despertar erótico (plano 3), el cual funciona en dos realidades: la de lo inmediato y la de su imaginación, la que se centra en crear una composición de lo que llevan a cabo El y Ella. El poema se enriquece con matices no claramente definidos en los cuales el hablante se relaciona afectivamente con el El y se identifica con el Ella. Esta vaguedad y juegos inciertos se mantienen en numerosos poemas de la sección. El juego del secreto revelado a medias es evidente en el poema "Entre comillas" que termina con el inofensivo: "entiendo", con el que el yo poético responde a la joven que le ha confesado su "verdadera realidad". Al parecer es esa "verdadera realidad" del yo la que evidencian los poemas de la sección, poemas caracterizados por la presencia de lo erótico, el amor como soledad y realización física, el amor como dolor y placer, poemas de exaltación de la sexualidad masculina o panegíricos de personajes marginados. Dentro de estos últimos es sugerente y bien realizado "El dandy negro". El protagonista parece asumir la dimensión del héroe, del prototipo admirable del nuevo espacio del hablante.

En la tercera sección—"Ecos vecinos"—cambian los personajes, el ambiente y el tono del hablante. La expresión "ecos vecinos" parece referirse a todo aquello que amortigua los sonidos, aquello que disimula la verdadera realidad, lo que encubre. Así lo evidencia el hablante del poema "En el mejor sentido de la palabra":

> No podemos hablar sin los intermediarios,
> sin las paredes blancas y los libros,
> sin el sonido extraño, confortante,

de los ecos vecinos,
que a la vez son los ecos
de voces que nunca
se atrevieron a ser sin las palabras.

El lenguaje es un disimulador de la realidad; aún la literatura tiene como potencial el actuar como un instrumento de disfraz. Sin embargo, si aceptamos la interpretación previamente propuesta, la literatura también puede cumplir la función develadora. Por ello, en varios poemas de esta sección lo que hace el hablante es, precisamente, evidenciar algunos personajes que viven disimulando su verdadera realidad. El poema "La dama de letras" es una aguda sátira en la dirección de esos personajes falsos. Así como en otros poemas el autor revela su capacidad de comunicación emotiva o de creación de atmósferas afectivas por medio de las palabras, en éste evidencia su capacidad de sátira, elemento que no recurre con frecuencia, aunque reaparece en "Los nuevos ciudadanos". El poema "Los domingos se dicen las mentiras más crueles" muestra que el mismo hablante existe dentro de esta convención de la mentira y el disimulo.

Finalmente, la última sección—"En estas tierras"—se constituye en una denuncia de la verdadera realidad—desde el punto de vista del hablante—del nuevo espacio poético: el norteamericano. Curiosamente, sin embargo, lo que el hablante intenta evidenciar es la mitificación comercializada que le circunda y la ausencia de lo que quedó en el espacio del pasado. De este modo, en el poema "Hermanita nacida en estas tierras" se lamenta de que ella no tendrá los recuerdos de esa tierra del recuerdo, del contacto con la "realidad natural" y, realmente, con el espacio mitificado del pasado:

Es que nunca sabrás
de gallinas echadas
(¿habrá en tu infancia
emoción parecida?)
Hubo una vez un niño
sobre lajas muy blancas
y paseos a pie
y juguetes de lata
Hubo también

misterio en las cañadas
Hubo piratas malos
y corsarios bravíos
Hubo lecciones
para sacar al hombre
de las piedras . . .

Los poemas de esta sección apuntan esencialmente a la denuncia o revelación de la falsedad o exterioridad de los mitos, las falsas creencias—desde el punto de vista del hablante—, la artificiosidad de la cortesía o el comportamiento. El poema "Tarjeta navideña" sintetiza este modo de existencia:

La vida en una tarjeta navideña
transcurre lejos del mundo,
lentamente . . .

En esta sección la ternura y la afectividad del hablante se sustituyen en varios de los poemas por la ironía, la sátira o la crítica directa. Esta última se advierte en el poema "Estos hijos del sol", en el cual el hablante denuncia la indiferencia social. La crítica pasa a ser sátira en "Los niños de Newport Beach". Esta no se funda en la deformación grotesca o esperpéntica, sino que en la descripción de comportamientos que el lector percibe como comportamientos deformes. Más aguda es la sátira en uno de los mejores poemas del conjunto, "Guernica en Nueva York". Este es un texto sumamente logrado y moderno en los procedimientos poéticos empleados para dar el ritmo y la visión de la gran ciudad: el lenguaje, el ritmo, el uso de las mayúsculas, el lenguaje de propaganda comercial, la autodescripción implícita del hablante. El hablante colectivo inserta sensaciones afectivas en medio de la descripción vertiginosa y variada. Es un poema de antología, cuya validez no depende de la inserción en el conjunto, sino que en la verdad verosímil de los retazos y los contornos de vida que configuran el poema.

La construcción de este poemario—como proceso desde un pasado lejano hacia el estar en un presente—y la actitud del hablante condicionan tanto el espacio poético del hablante como su lenguaje. El espacio del pasado es visto esencialmente con nostalgia, como el mundo del bien; pese a sus defectos, hay algo en él que lo salva. El espacio del presente, en cambio, es visto de modo predominante con la perspectiva del no incorporado, casi siempre con mirada irónica o satírica. El lenguaje, por otra parte, es un lenguaje rico en expresiones del espacio cubano, con lo cual logra excelentes efectos de sensaciones y evocaciones.

Poéticamente, Elías Miguel Muñoz se inserta dentro de las corrientes más contemporáneas de la poesía latinoamericana y norteamericana. Abandona las modalidades del discurso lírico tradicional, y su voz poética asume formas, tono, lenguaje e imágenes que le aproximan a la poesía de lo cotidiano o la antipoesía. Hay un ritmo natural, casi narrativo en la voz del hablante en la que emergen, ocasionales, casi insinuantes, imágenes fundadas en objetos o sucesos cotidianos. Las imágenes y el lenguaje, en muchas ocasiones, se acercan a lo prosaico y contribuyen a dar esa sensación de realidad vivida, de naturalidad que predomina en los poemas.

El hablante de estos poemas no cree como el abuelo que "no hay más que cruzar / el umbral de la puerta / para llegar a Cuba"; los poemas, precisamente, narran su aventura dentro del nuevo espacio. Conserva en la memoria y en el espacio de su imaginación, sin embargo, un país más hermoso que los matorrales de la infancia, las palmas o el palmiche del abuelo.

Aunque el poemario puede ser leído desde la propuesta que hicimos en la primera página—el ingreso al espacio norteamericano —también resulta sugerente y verosímil otra posibilidad enriquecedora—la conciencia confesora, la conciencia que asume la necesidad o el tiempo de la confesión y se dispone finalmente a contar su historia y cantar su experiencia interior. Esta dimensión confesional la sugiere el poema "Siempre hay alguien que escucha":

> Desde que sé
> que no tengo que hablar
> especialmente a nadie
> me he sacado de adentro
> cuarenta parrafadas
> cincuenticinco mitos
> una infancia
> que me supo a manteca

y a plátano maduro frito
un puñado de nombres
que aparecen
en mis viajes nocturnos
una guajira vieja
que me sirve potaje
un manojo de llaves
y un verdugo implacable
que me grita

Dejamos al lector que tiene este texto en sus manos explorar
esta otra lectura. Seguramente más personal e intimista que la que
he propuesto en las páginas anteriores.

University of California, Irvine

Portraits/Retratos

"Mi sombra irá buscando
aquel país . . ."
("My shadow will search
for that country . . .")
Ester de Izaguirre,
"Infancia",
Girar en descubierto (1975)

Song for an Old Friend

for Virginia

She is small and lends advice.
She knows of the world through fables of long ago,
through gifts from ancient brothers
with noble eyes
and palm leaf hats.

She understands the mystery
of the endless furrows.
She lives in the going up and coming down of the carts,
in the Guantánamo songs, in the sugarcane gods
she would consume in her hours of rest.

Her cart speaks to me
of weariness,
of lights in the night
that she couldn't reach.

Today her voice is being lost
in the signs of a farm dance gone,
in the hope of a morning
and a distant rooster.

Canción para una amiga vieja

para Virginia

Es pequeña y da consejos.
Conoce el mundo por fábulas de antaño,
por regalos de hermanos ancianos
de mirada noble
y sombreros de guano.

Entiende el misterio
de los surcos sin fin.
Vive en el subir y bajar de las carretas,
en las guantanameras, en los dioses delgados
que mordía en horas de reposo.

Su carretón me habla
de cansancio,
de luces en la noche
que no pudo alcanzar.

Hoy su voz se va perdiendo
en las señales de un campo sin guateques,
en la esperanza de una madrugada
y un gallo lejano.

Grandfather

for Tomás

Grandfather urinates
wherever he is.
His body bothers him.
He looks
for invisible objects
on the floor,
or he decides to trap
the spiderwebs in every corner,
or he crawls like a child
through the living room.

They have put locks
on the bedroom door.
He must be kept there,
imprisoned the entire day.
Because if he leaves, naked,
he might go mad,
or want to run away,
to run through
the thickets
of his childhood,
to climb the royal
palms,
to shake down the palm fruit,
to help his father.

Because according to my grandfather
you need only cross
the door's threshold
to arrive in Cuba.

Abuelo

para Tomás

Abuelo se orina
dondequiera que esté.
Le molesta su cuerpo.
Se pone a buscar
objetos invisibles
en el suelo,
o le da por atrapar
telarañas en cada rincón,
o gatea como un niño
por toda la sala.

Le han puesto ganchos
en la puerta del cuarto.
Hay que tenerlo allí
encerrado el día entero.
Porque si sale, desnudo,
le puede entrar la rabia,
o el impulso de huir,
de recorrer los
matorrales
de su infancia,
de subir a las palmas
reales,
de tumbar el palmiche,
de ayudar a su padre.

Porque según mi abuelo
no hay más que cruzar
el umbral de la puerta
para llegar a Cuba.

Portrait of My Mother

I can still remember
your *Vanidades* magazine,
your horoscopes, your naps,
your Sears catalogues.

There, sitting on your couch
of old-fashioned flowers.
After polishing the dishes.
While you would dream
about the virile laughter
of the latest Leading Man.
While you would slice tomatoes
and unleash your impotence
with blows
on the beefsteak
for dinner.

There, sitting on your couch
of old-fashioned flowers.
Disgusted by the grapefruit juice
that "burns off the fat,"
by your mother's punctual calls:
She sold your body well.
She freed herself
and she freed you
from dirty, exploited
Vista Alegre.
She filled up your life
(just a kid of fifteen or sixteen)
with greens and corals,
with frigidaires crammed full
of food, with maids and trips
to Varadero Beach.

Retrato de mi madre

Aún puedo recordar tu *Vanidades*,
tu horóscopo, tus siestas
y tu catálogo de Sears.

Allí,
sentada en tu sofá
de flores coloniales.
Después de haber pulido trastes.
Mientras soñabas con la risa viril
del último galán.
Mientras cortabas los tomates
y descargabas tu impotencia
a golpes
sobre el bistec filete
de la cena.

Allí,
sentada en tu sofá
de flores coloniales.
Hastiada del jugo de toronja
que "te quema la grasa",
de las llamadas puntuales
de tu madre:
La que sacó provecho
de tus nalgas,
quien se libró a sí misma
y te libró a ti
del Vista Alegre sucio y explotado,
la que colmó tu vida
(apenas quince o dieciséis cumplidos)
de verdes y corales,
de frigidaires repletos de almuerzos,
de excursiones de mar y lavanderas.

One day
I saw you look for a way out.
More plants?
Another blouse?
More curtains?
The factory?
Your sewing classes?
The remote possibility
of buying another house?
Cover the couch with plastic?
Return to Cuba?

I can still remember you.
Sitting there.

Un día
te vi buscar salida.
¿Más plantas?
¿Otra blusa?
¿Otra cortina?
¿La fábrica?
¿Tus clases de costura?
¿La posibilidad remota
de comprar otra casa?
¿Forrar de plástico el sofá?
¿Volver a Cuba?

Aún puedo recordarte
allí.
Sentada.

Returning

While in the barrio no one spoke
of leaving or of telegrams
And we all dreamed about apples
and mint-flavored chewing gum.
Remember?

The rice and black beans
no longer satisfied us.
Without the eternal summer,
without dirt streets and sugar cane
we would no longer have dark skin.
The lines would end,
and so would the *quimbumbia*,
the *yuca*,
and the mud puddles.

So we could sing, later,
to a different beat.
So we could forget your
conga player's outfit.
So we could chew away
until we had no teeth.
So we could speak of the things
we lost,
things we never had.
So that later,
under the northern skies,
we could begin to dream
about returning.

El regreso

Cuando en la cuartería
no hablaban de salidas
ni de telegramas
y soñábamos todos
con manzanas
y chicles de menta.
¿Te acuerdas?

Aquel congrí
ya no podía llenarnos.
Sin el verano eterno,
sin terraplén ni caña
ya no seríamos prietos.
Se acabarían las colas,
la quimbumbia,
se acabaría la yuca,
los charqueros.

Para cantar, después,
con otro ritmo.
Para olvidar tu ropa
de conguero.
Para mascar
hasta quedar sin dientes.
Para hablar de las cosas
perdidas,
las que nunca tuvimos.
Para después,
bajo el cielo del Norte,
empezar a soñar
con el regreso.

The Coupe de Ville

to Jorge

You shut the trunk
with the slightest touch
to show me the bewildering power
of your new palace.
I returned your smile
of an accomplished young man.
The warmth of your chest,
richly adorned by Calvin Klein,
made me weaken,
or perhaps it made me wake up from my failed
attempt to understand you.

Then followed your list.
And you looked at me with pride,
at your dashboard,
each button a surprise.
And you became a tiny god,
owner and master of the Coupe de Ville.
While the cold air of your machine
freezes my bones.
While in the back,
from the speakers, rain out
the drums and guitars
of British rock and roll.

You don't see me when I shrug,
you don't see my hands resting
on the warm silk of the seat.
"Isn't this like flying, Brother?"
My wish to fly (and not in your car),
my wish to be far,
or to be close the way we never were.

The way we never will be.

El Coupe de Ville

para Jorge

Cerraste el maletero
con un golpe levísimo
para mostrarme el extraño poder
de tu nuevo palacio.
Devolví tu sonrisa
de joven realizado.
El calor de tu pecho,
ornamentado ricamente por Calvin Klein,
me hizo flaquear,
o tal vez despertar de mi empeño frustrado:
comprenderte.

Luego siguió tu lista.
Y me miraste airoso desde tu pantalla:
cada botón una sorpresa.
Y te volviste un pequeñito dios,
dueño y señor del Coupe de Ville.
Mientras el aire frío de tu aparato eléctrico
me congela los huesos.
Mientras atrás,
en las bocinas, llueven
tambores y guitarras
de un rock and roll inglés.

No ves mis hombros encogidos,
ni mis manos posadas
sobre la seda tibia del asiento.
"¿No es como estar volando, Brother?"
Mi deseo de volar (y no en tu carro),
de estar muy lejos,
o de estar cerca como nunca estuvimos.

Como nunca estaremos.

The Dissident Woman

I saw a man at my feet
and now I don't believe in anyone
I lowered my eyes
and I gave up
when he talked
about his nights
about the insects
when he struck my forehead
with his screams

I was the brave young girl
who fought against taboos
who showed her wrath
when she spoke of injustices
of pain
and struggles
And creating liberties was beautiful
breaking the claws
of the usurping enemy
with a hammer
lifting my arm *always*
in victory

But I saw a man at my feet
and I have nothing left
Not knowing what to make for lunch
Remembering the hymn
The blues and reds
The dagger without flowers
Disguised for shopping
and trips on Sunday mornings
A corny voice
that refuses to think
to believe

La disidente

Yo vi llegar a un hombre
hasta mis pies
y ya no creo en nadie
Bajé la vista
y me di por vencida
cuando me habló
de sus noches
de insectos
cuando golpeó mi frente
con sus gritos

Yo fui la niña brava
que deshizo tabúes
que demostró su furia
al hablar de injusticias
de dolor
y de luchas
Y fue tan lindo crear libertades
romper con el martillo
la zarpa del enemigo usurpador
alzar el brazo *en la victoria*
siempre

Pero vi llegar a un hombre
hasta mis pies
y no me queda nada
Un no saber qué poner en el lonche
Un recordar el himno
Los azules y rojos
Los puñales sin flor
El disfraz de las compras
y viajes de domingos
Una voz cursi
que se niega a pensar

to know
that this is the way
we'll always be

a saber
a creer
que así seremos siempre

The Heroic Mambisa

for Mechy

Are you real?
Or are you made of sugar
and cheap rum?
When we shout together,
when we speak of palm trees
and milk sherbet,
when you help me
or I help you
to continue being . . .

Are you real?
Or are you copying my life
in every gesture?
In the big words
that I offer you,
that let me go on
without commitments . . .

Are you real?
Or am I inventing you
in my grandmother's *yuca*?
In the bright colors
of the yarn,
in the coffee and the kiss
each morning . . .

"How can we not believe
in destiny?" you will playfully
say from your swing.
"It's stronger than us,
little boy!" the heroic
Mambisa will scream
from within.

La heroína Mambisa

para Mechy

¿Eres real?
¿O estás hecha de azúcar
y cachaza?
Cuando gritamos juntos,
cuando hablamos de palma
y mantecao,
cuando me ayudas tú
o te ayudo yo
a seguir siendo . . .

¿Eres real?
¿O me copias la vida
en cada gesto?
En las grandes palabras
que te ofrezco,
que me dejan andar
sin compromiso . . .

¿Eres real?
¿O te invento
en la yuca de la abuela?
En los colores vivos
del estambre,
en el café y el beso
de mañana . . .

"Luego no crean
en el destino",
me dirás juguetona
en tu columpio.
"¡Es más fuerte que todo,
muchachito!", gritará
desde adentro
la heroína Mambisa.

And from each daily battle,
from each unanswered question,
I'll be more you.
I'll be more me.
I'll be more Cuba.
In silence,
so you can understand me.

Y desde cada batalla
cotidiana,
desde cada pregunta
sin respuesta,
seré más tú.
Seré más yo.
Seré más Cuba.
Callado,
para que así me entiendas.

Altered States/Estados alterados

"Y ahora en secreto
te acarician
            húmedamente . . ."
("And now in secret
they give you moist
            caresses . . .")

Mercedes Escolano,
"La muerte de Stephano",
Las bacantes (1984)

Altered States

While you miss
the beginning of life
on the screen:
She and He
by your side,
their hands intertwined,
the dreams they dream
alone,
ignoring you,
you who insist on staying
in the middle,
you who end up on the margin
like today.

A beautiful light comes from the flames,
it falls on their hands,
on their naked bodies
that you imagine by the fireplace.
He is tall and slim.
Altered states.

The men's restroom is close by,
just around the corner,
but the floor is marble,
don't slip.
Leave behind your Gucci bag,
your disdain,
your envy.
Altered states.

By now he must have reached her legs,
her thighs.
He will be taking her.
She will keep silent,
still.

Estados alterados

Mientras en la pantalla
te pierdes el comienzo del mundo:
Ella y El
a tu lado,
sus manos enlazadas,
sus sueños conseguidos
a solas,
ignorantes de ti,
de ti que te empeñas en quedarte
en el medio,
que terminas al margen
como hoy.

Hermosa luz que viene de las llamas,
concentrada en sus manos,
en sus cuerpos desnudos,
imaginados por ti ante la chimenea.
El es alto y delgado.
Estados alterados.

El servicio de hombres está cerca,
al doblar el pasillo,
pero el piso es de mármol,
no resbales.
Deja en el suelo tu bolsita de
Gucci,
tu despecho,
tu envidia.
Estados alterados.

El habrá llegado ya a sus piernas,
a sus muslos
y la estará tomando.
Ella se mantendrá callada
y sin moverse.

Her profile is perfect.
Needing to urinate,
run to the bathroom,
urinate.

Today you felt light and agile
like a feather.
You could fly and not be part
of the laughter.
You also felt strong.
And soft.
When you embraced him
you lifted your legs
and you went up
like her.

Su perfil es perfecto.
Y este deseo de orinar,
correr al baño y orinar.

Hoy te sentías libre y ágil
como una pluma.
Podías volar y no ser parte de la risa.
Hoy te sentías fuerte también.
Y suave.
Y al abrazarlo levantaste los pies
y pudiste subir
igual que ella.

In Quotes

to Mari

She asked me
not to speak
of her "other" life,
the one she lived alone
twenty-some years
before she "confessed" herself,
that is to say,
before confronting
her "true
reality":
The prehistoric balls
fit her better than me,
a "normal" man.
But she is female
and why deny it,
one of the most beautiful
to have come out
in recent times.

She asked me to avoid
details,
explicit mentions
of her "sinful"
Bacchanals.

How cruel I am, my love.
I cannot contain myself:
the warm lips,
moist
and forbidden . . .
the soft river
that calms
your thirst . . .

Entre comillas

a Mari

Me pidió
que no hablara
de su "otra" vida,
la que vivió ella sola
veintimuchísimos años
antes de "confesarse",
es decir,
antes de confrontar
su "verdadera
realidad":
Los huevos prehistóricos
le quedan mejor que a mí,
que soy hombre "normal".
Pero ella es hembra
y para qué negarlo,
de las más lindas
que han salido
en los últimos tiempos.

Me pidió que evitara
los detalles,
las menciones explícitas
de sus "pecaminosas"
bacanales.

Qué malo soy, querida.
No puedo contenerme:
los labios tibios,
húmedos
y prohibidos . . .
el río pastoso
que te calma
la sed . . .

You see,
I have revealed little.
And what I have said
should matter to no one.
One more detail, final
and inoffensive:
I understand.

Ya ves,
he revelado poco.
Y lo que he dicho
a nadie
debe importarle.
Un detalle final
e inofensivo:
entiendo.

Beauty Queen

Whenever I swallow dust
I'll remember your breath.
Whenever I run naked,
drenched in sweat,
you'll be the one pushing me.
You'll be the one looking at me
through punk sunglasses in the dark.
You'll be the one getting promises
from me.
You'll want me to invent
Michael's songs
in your language:
She was more
like a beauty queen
from a movie scene . . .
A precocious boy
on a floor made of lights.
Boleros, Merengues,
the hips and the bulge
Winston cigarettes,
signs in English.

How I miss
your not-very-convincing
Macho attacks,
your subtle way
of making me remember
the differences,
our childish game
of giving in slowly,
of telling each other lies.

Beauty Queen

Siempre que trague polvo
recordaré tu aliento
Cuando corra desnudo
y me bañe el sudor,
serás tú quien me
empuje.
Serás tú quien me mire
a través de unas gafas
de *punk* en plena oscuridad.
Serás tú quien me saque
promesas
y me pida que invente
en tu lengua
las canciones de Michael:
She was more
like a beauty queen
from a movie scene . . .
Será un niño precoz
en la pista de luces.
El bolero,
el merengue,
las caderas
y el bulto,
los cigarros de Winston,
los carteles en Inglich.

Cuánto extraño
tus ataques
de macho-no-muy-convencido,
tu manera sutil
de hacerme recordar
las diferencias,
nuestro juego infantil
de ceder lentamente,
de contarnos mentiras.

S & M

The masochist confesses that his pain
makes him more of a man, that the blows
and the humiliations confirm his
masculinity.
The one hitting (a cunning Puerto Rican)
says that he's getting even
with all those fucking Jews
from Manhattan.

Blood, chains, whips, insults,
blows, kicks, screams, tightened fists.
Violent sex and violent invasion.
In New York and in Puerto Rico.
Puerto Rico so close and so submissive,
so open and so prone to masochism.

But according to the story that I heard,
whispered by mischievous transvestite voices,
the oppressor
(the Jew that leaves his skin in bed)
is now a sacrificial lamb.
The oppressed has triumphed
on the ground,
with deep fucks and
stained sheets.

"Prepared to take revenge on all those bastards,"
says the Puerto Rican, "the ones who give up,
the ones who pay for others, the hot ones,
the broads, the wandering Jews.
Prepared to take revenge," he says,
"even if I have to be . . .
What is that word they use?
Even if I have to be . . . a sadist."

S & M

El masoquista me confiesa que el dolor
lo hace más hombre, que los golpes y
las humillaciones confirman
su masculinidad.
El que pega (un boricua jodón)
dice que se desquita
todo lo que han hecho
los cabrones judíos de Manhattan.

Sangre, cadenas, látigos, insultos,
golpes, patadas, gritos, puñetazos.
Sexo violento y usurpación violenta.
En Nueva York y en Puerto Rico.
Puerto Rico tan cerca y tan sumiso,
tan abierto y tan presto al masoquismo.

Pero según el cuento que me soplaron
ciertas voces traviesas, travestidas,
el opresor (ese judío que deja el
pellejo en la cama)
es ahora un chivo expiatorio.
El oprimido ha vencido en la tierra,
con singadas profundas y
sábanas manchadas.

"Dispuesto a vengarme con estos comemierdas",
dice el boricua, "los que se rinden,
los que pagan por otros, los calientes,
las jevas, los judíos errantes.
Dispuesto a vengarme, aunque tenga que ser . . .
¿cuál es esa palabra que se usa?
Aunque tenga que ser . . . sadista".

Black Dandy

He collects hats.
He has spent his small savings forming
an orchestra that will play his songs.
He looks like Grace Jones but his voice
is that of Donna. He's fragile, thin.
He smells of earth, sweat, salt, sex.
He is the black dandy of South County.
But California doesn't seem proud of his
genius. They laugh at his outfits,
his braids, and his verses. Meanwhile,
he writes to his mother, the Great Negress,
from whom he has inherited various excesses.
He cuts his neighbors' hair to earn
a living. Once in a while he sells herbs.
Or he allows himself to be courted by
some Laguna millionaire. He plans to work
on painting. But for now he runs a little
school. At night, from time to time, he
sees his friends. He offers them gigantic
lips, a feline tongue that scratches,
that tears out pleasure by means of shoves
and screams. When he wants to dazzle them
he undresses. And the chameleon of his penis
becomes a rainbow. Reds, blues,
blacks, and purples. Then he moves,
threatening. He chases them. And you
can hear his voice, his wolf bites, the
grinding of his teeth. The applause.

El dandy negro

Colecciona sombreros.
Ha gastado sus pocos ahorros en formar
una orquesta que canta sus canciones.
Se parece a Grace Jones pero su voz
es la de Donna. Es frágil, delgado.
Huele a tierra, a sudor, a sal, a sexo.
Es el dandy negro del condado sureño.
Pero California no se siente orgullosa
de su genio. Se burla de sus trajes,
de sus trenzas, de sus versos.
El, mientras tanto, le escribe a su madre,
la Gran Negra, de la cual ha heredado
varios excesos. Para ganarse el pan
les corta el cabello a las vecinas.
De vez en cuando vende hierbas.
O se deja invitar por algún millonario
de Laguna. Tiene planes de dedicarse
a la pintura. Por lo pronto dirige
una escuelita. Y en las noches, a veces,
recibe a sus amigos. Les ofrece unos
labios gigantescos, una lengua de gato que
araña, que arranca el placer a
empujones y a gritos. Para deslumbrarlos
se desnuda. Y el camaleón de su pene se
vuelve un arcoiris. Rojos, azules, negros
y violetas. Luego se desplaza amenazante.
Los persigue. Y uno escucha su voz,
sus mordidas de lobo, el crujir
de sus dientes. Los aplausos.

Promises of a Valentine's Day

(Music in the background that is not clearly heard.
Roberto Carlos, "Emociones." Paul McCartney, "My Love."
And other sounds).

1

My love:
I wanted to thank you for the gifts you sent me for
Valentine's Day. The Spanish doll is a dream.
Her little blue costume. The color you like, right?
(Laughs). (*I live this grand moment . . . I feel so many
emotions . . .*). My mother is recovering little by little.
If you could see my father. So in love. How he takes care
of her. Two lovebirds. They wish the best for me.
And they love you because I love you. (*I know love, what
it can give me. At times I suffered. And I do not stop
loving . . .*).

2

My love:
You ask if I miss you. Yes, I miss our nights. Yes,
of course. I miss them so. You don't know how many times
I have wanted to kiss you. Hold you. Feel you. So many
times. (*I know my heart will stay with my love. It's
understood. It's everywhere with my love . . .*). I love you
and I'll always love you.

3

My love:
It hurts me to think that for the moment . . . we cannot . . .
do it . . . (Voices of children that play in the street.
Voices of street-vendors. And the voices of women
conversing.)

Promesas de San Valentín

(Música de fondo que no se escucha bien.
Roberto Carlos, "Emociones". Paul McCartney, "My Love".
Y otros sonidos).

1

Amor mío:
Quería agradecerte los regalos que me enviaste
para San Valentín. La muñequita española está soñada.
Su trajecito azul celeste. El color que te gusta, ¿no?
(Risas). (*Yo vivo este gran momento . . . Tantas emociones
siento . . .*). Mi mamá se recupera poco a poco. Si vieras a
mi padre. Tan enamorado. Cómo la cuida. Dos palomitas.
Ellos desean lo mejor para mí. Y te quieren porque te
quiero. (*Conozco el amor, lo que me puede dar. A veces
sufrí. Y no dejo de amar . . .*).

2

Amor mío:
Me preguntas si te extraño. Sí, extraño nuestras noches.
Claro que sí. Las extraño tanto. No sabes cuántas veces
he deseado besarte. Abrazarte. Sentirte. Tantas veces.
(*I know my heart will stay with my love. It's understood.
It's everywhere with my love . . .*). Te quiero y te querré.

3

Amor mío:
Me duele pensar que por el momento . . . no podemos . . .
hacerlo . . . (Voces de niños que juegan en la calle.
Algunos pregones. Y voces de mujeres que conversan.)

4

My love, you took me to a divine world,
one new to me. (Car horn). It is so difficult to remember . . .
When you would play a soft melody.
We would begin to dance.
Afterwards, I would kiss you. Trace your face with my lips.
And then I would lower myself to your chest and
(*My love does it good. Oh, oh. My love does it good.*)
lower.
And then (short breaths).
Oh (short breaths).
Believe me.
We will have those moments again, my love.
You will make me happy, I know.
And I will make you happy.
You will be like a king for me.
And I shall be your queen.
I promise you.

4

Amor mío, tú me llevaste a un mundo divino,
nuevo para mí. (Claxon). Es tan difícil recordar . . .
Cuando ponías alguna suave melodía.
Comenzábamos a bailar.
Después yo te besaba. Recorría tu rostro.
Y luego yo bajaba a tu pecho y
(My *love does it good. Oh, oh. My love does it good.*)
más abajo.
Y luego (suspiros).
Oh (suspiros).
Créeme.
Volveremos a tener esos momentos, amor mío.
Me harás feliz. Lo sé.
Y yo te haré feliz.
Serás como un rey para mí.
Y yo seré tu reina.
Te lo prometo.

Once Upon a Time in Spain

to Loretta, wherever she may be

I have only a few postcards
left and yet, thanks to you
I also have good memories.
Not the *churros*,
not the thick chocolate,
not the *tortilla* or the Andalusian songs,
not Retiro Park, not the Segovia aqueduct
or the Alhambra.
It would all mean little
were it not for our strolls.
For that drenching we got
in the Sierra Nevada.
Our night in Valencia or
that time in the convent.
Surrounded by crosses that said
nothing to us. Sacreligious and in love.
Frightened, it is true, but
prepared to live out our fantasy.
We then invented a drama
with me as a playwright
and you as the star.
And we explored Lluchmayor,
awakening the old Mallorcans.
We were sick from so much
sobrasada and so much boozing.
Sad for the gypsies, for the
blind. Angry at Franco's bloodthirsty
followers. Ridiculous drunks.
Full of *tapas*. Embarrassed
at having to admit that we,
like them, were not innocent.
But thanks to our parting,
that last embrace,
I have good memories.

Había una vez en España

a Loretta, donde esté

Sólo me quedan algunas postales.
Y sin embargo, gracias a ti
tengo buenos recuerdos.
Ni los churros,
ni el chocolate espeso.
Ni la tortilla ni las sevillanas.
Ni el Retiro ni el acueducto ni
la Alhambra.
Es todo poco si no fuera
por nuestras caminatas,
por aquella empapada que nos dimos
en la Sierra Nevada.
Nuestra noche en Valencia o
aquella vez en el convento.
Rodeados de cruces que nada nos
decían. Sacrílegos y enamorados.
Temerosos, es cierto, pero
dispuestos a vivir la fantasía.
Inventamos entonces la comedia
de ser yo un dramaturgo
y tú la estrella. Y recorrimos
Lluchmayor despertando
a los viejos mallorquinos.
Estábamos enfermos de tanta
sobrasada y tanta juerga.
Tristes por los gitanos, por los
ciegos. Rabiosos por los franquistas
sanguinarios. Borrachos ridículos.
Repletos de patatas. Avergonzados
al tener que admitir
que tampoco nosotros éramos inocentes.
Pero gracias a nuestra despedida,
a aquel último abrazo,
tengo buenos recuerdos.

Renegade Believer

At times
I still remember you
and a swaying
that still haunts me
the sumptuous meals
the reflection of the port's lights
the water's caress and your caress
on my body
the vision of myself
yearning
in front of a small
sketch pad
Your late initiation
to dense liquor
to fine tobacco
to soulful laughter
The great ocean
threatening
You and I greeting the sun
through miniature windows
Its rays shattering
against the surface
of green glass
The restlessness that
you can't hide
and my apprehension
uncomfortable with the
trivial details of the day
Thinking that perhaps
I've let you down
And the last embrace
And the breeze that
finally blew into my eyes
convinced of love once more

Creyente renegado

A veces
me acuerdo de ti
de aquel vaivén
que todavía me acecha
las comidas suntuosas
los reflejos de las luces del puerto
la caricia del agua y la tuya
en mi cuerpo
la visión de mí mismo
anhelante
sobre un cuaderno pequeño
de dibujo
tu iniciación tardía al licor denso
al tabaco fino
a la risa del alma
al océano magno
amenazante
Saludando al sol
desde ventanas de juguete
Los rayos estrellándose
contra la superficie
verde cristal
Tu inquietud mal disimulada
y mi aprensión
incómodo con los detalles mínimos
del día
Pensando que acaso
te haya decepcionado
Y aquel último abrazo
Y la brisa que al fin
entró en mis ojos
convencidos de amor una vez más

The First Snow of November

for Karen

The clarity
makes me feel peaceful.
Surprised to be a silhouette.
Not because of the snow
that arrives, suddenly,
(just yesterday they told me it would come)
Nor because of the sensation
of having emptied last night in you
dreams, fears,
hands filled with love, discarded.
(Wasn't it rather an exchange?)

The clarity, The cold.
Or perhaps the simple contrast
of your blue eyes
with the whiteness outside.

No.
There may be
many more reasons.
Never having thought
that these snowflakes
could be tepid.
Or better yet:
That one could speak of the cold
joyfully.

And to think,
not yet knowing how to accept it,
that tranquility
is not necessarily
getting older,
that the shadows
(this silhouette which I've become)

Las primeras nieves de noviembre

para Karen

La claridad
me hace sentir tranquilo.
Sorprendido de ser una silueta.
No es por la nieve
que me llega de pronto
(sólo ayer me dijeron que vendría).
No es por la sensación, tampoco,
de haber vaciado anoche en ti
sueños, temores,
manos llenas de amor descartado.
(¿No fue más bien un intercambio?)

La claridad. El frío.
O tal vez el contraste simple
de tus ojos azules
con el blanco de afuera.

No.
Posiblemente existan
muchas razones más:
No haber pensado nunca
que estos copos de nieve
fueran tibios.
O mejor:
que se pudiera hablar del frío
alegremente.

Y pensar,
sin saber aceptarlo todavía,
que la tranquilidad
no es necesariamente
envejecer,
que las sombras
(esta silueta en la que me he convertido)

are not persecutors,
that I will no longer have to curse,
each year,
the impetuous coming
of the first snow
of November.

no son perseguidoras,
que no tendré que maldecir
ya,
cada año,
la llegada impetuosa
de las primeras nieves
de noviembre.

Neighboring Echoes/Ecos vecinos

"Y hablaste. Convocaste las imágenes
que caían de labio a labio".
("And you spoke. You summoned the images
that were falling from lip to lip.")

Octavio Armand,
"Prosa número tantos",
Entre testigos (1974)

Complex Robot

Under the dim light
that warms me,
    imprisoned in a cage
    for the inoffensive
drowned in the assonance
of some contemporary
production,
    I savor the form, the silhouette,
of an intense memory.
    Alone,
protected by the nighttime calculation
of the next few hours
    I contemplate my steps,
like a robot that begins
to feel rewarded.

Robot complejo

Bajo la luz mediana
que me entibia,
        encerrado en una jaula
        para inofensivos,
embebido en la asonancia
de alguna producción
contemporánea,
        saboreo la forma, la silueta,
de un recuerdo intenso.

        Solo,
protegido por el cálculo nocturno
de las próximas horas,
        cavilo mis pasos,
como el robot que empieza
a sentir recompensa.

The Cruelest Lies Are Told on Sundays

to a certain Giorgio

Today a Sunday afternoon
awaits me.
I will spit in the face of my veteran friend
the truth of his goals never realized:
You have lived,
I understand,
but because it is Sunday,
your deeds reek
of bubble-gum heroes.
Mondays are better
for filling the calendar
with concrete battles.

Today, Sunday,
I tell you
that I am alone,
that no other day
pierces me so deeply.
Any Tuesday or Thursday
you may ask for accounts.
I will listen silently,
while my castle
crumbles.
But be silent today.
And I will lie to you.
The worst lies are told
on empty Sunday afternoons.

Los domingos se dicen las mentiras más crueles

a un tal Giorgio

Hoy me espera
una tarde de domingo.
Le escupiré al amigo veterano
la verdad de sus metas
nunca realizadas:
Tú has vivido,
lo entiendo,
pero por ser domingo,
tus hazañas me huelen
a heroínas de chicle.
Son mejores los lunes
para llenar el calendario
de batallas concretas.

Hoy domingo
te digo
que estoy solo,
que ningún otro día
se me encaja tan firme.
Algún martes o jueves
podrás pedirme cuentas.
Yo escucharé callado,
mientras se viene abajo
mi castillo.
Pero te callas hoy.
Y yo te miento.
Las peores mentiras se fabrican
en las tardes vacías de un domingo.

From This Shore

You speak of hatred
because I do not know how to sing
to the open trench
where hunger runs
dressed as a soldier
Because I cannot speak
of what is good
of what is strong
and clean
of what is just and noble

You speak of hatred
from your tepid lips
from your first step
which has only been a blow

> A tender blow
> which is struck with the fingers
> which becomes a timid
> caress

Because although you can speak
of the workers
you see yourself in every ornament
in every need of the well-paid
in every gift from the world you want
to destroy
and in spite of it all
you nurture

You speak of hatred
because I do not look at Man
in black and white
And you ask me
to kill the demons

Desde esta orilla

Hablas de odio
porque no sé cantar
a la trinchera abierta
por donde corre el hambre
vestida de soldado
Porque no puedo hablar
de lo que es bueno
de lo que es fuerte
y limpio
de lo que es justo
y noble

Hablas de odio
desde tus labios tibios
desde tu primer paso
que ha sido sólo un golpe

        un golpecito tierno
        que se da con los dedos
        que se convierte en tímida
        caricia

Porque aunque sepas hablar
de los obreros
te ves en cada prenda
en cada necesidad del bien-pagado
en cada regalo del mundo que quieres
destruir
y que a pesar de todo nutres

Hablas de odio
porque no miro al Hombre
en blanco y negro
Y me pides
que mate a los demonios

to not waste my time
on fantasies
You ask me with hatred
And it is that same hatred
pregnant with arrogance
nailed to an I myself
that brings you so close
to this other shore

que no gaste mi tiempo
en fantasías
Me lo pides con odio
Y es ese mismo odio
preñado de soberbia
clavado en un Yo mismo
el que te acerca tanto
a esta otra orilla

Little Has Been Written About Cowards

Little has been written about cowards
That's what a friend told me once
because I didn't dare to dive
You must do it
he said
because little has been written about cowards

And I dove
And when I came up by a natural impulse
as though some powerful hand
made of water and salt
pushed and pulled me
                    from what could be
                                    the end

I thought that perhaps my friend was right
that little has been written about those people

And thinking about it
it also occurred to me
that maybe the cowards would describe my leap
and they would speak of my challenged masculinity
of the tests I will endure
to prove my valor
that maybe the cowards
would laughingly watch me
dry and free
from the bow
that maybe the cowards
could fill up in their own way
the emptiness they leave in the world
the justification of the cowards
about whom
according to my good friend
little has been written

De los cobardes se ha escrito muy poco

De los cobardes se ha escrito muy poco
Así me dijo un día un amigo
porque no me atrevía a zambullirme
Tienes que hacerlo
repitió
porque de los cobardes se ha escrito muy poco

Y me tiré
Y al regresar por un impulso natural
como si alguna mano poderosa
hecha de sal y agua
     me impul-expulsara
                    de lo que puede ser
                              el fin

pensé que tal vez fuera verdad
que de esa gente se ha escrito muy poco

Y así pensando
se me ocurrió también
que tal vez los cobardes describirán mi salto
y hablarán de mi hombría desafiada
de las pruebas que sufriré
para probar mi valentía
que tal vez los cobardes
me observarán rientes
secos y libres
desde proa
que tal vez los cobardes
podrán llenar a su manera
el vacío que dejan en el mundo
la justificación de los cobardes
sobre quienes
según mi buen amigo
se ha escrito muy poco

Lady of Letters

You have read her work
and now you study her gestures.
Not thinking that one day
you could end up
on that side of the world.
You, today,
will laugh at yourself, tomorrow.
You will reject your eyes,
the lifeless words
spoken by that sad
and made-up lady:
blue veins adorn her chest,
silver satin à la française.
One day
you could turn out to be
any old granny
behind scars
and lifted cheek bones;
you could have the smooth tone
of her enormous words:
My splendid and venerated audience,
I am from an ardent land.
I was born on the very Hispanic Mayo Avenue . . .
One day,
like you didn't even notice it,
you will get to that side of the world.
Now I would like to talk to you about the Indians.
I am quite an indigenist, you know.
Later I'll tell you about my work with Georgie.
Did you know we wrote a book together?
Woman is more gifted for the esoteric. She is
closer to the diverse winds . . .
One day you'll want to sing a milonga
and nothing will come out
but this screeching,

La dama de letras

Has leído su obra
y ahora estudias sus gestos.
Sin pensar que algún día
podrías estar
a ese lado del mundo.
Tú misma, hoy,
te burlarás de ti, mañana.
Rechazarás tus ojos,
las palabras sin vida
de esa señora triste
y maquillada:
venas azules en su pecho,
satín plateado *à la française*.
Un día
podrías llegar a ser
cualquier abuela
detrás de cicatrices
y pómulos jalados,
tener su acento suave
de palabras enormes:
Mi muy espléndida
y siempre venerada concurrencia,
yo soy de una región ardiente.
Nací en la hispánica y churrera Mayo . . .
Un día,
como si no te dieras cuenta,
llegarás a ese lado del mundo.
Ahora les quiero hablar de los indígenas.
Yo en realidad soy muy indigenista.
Luego les contaré de mi labor con Georgie.
¿Saben que entre los dos escribimos un libro?
La mujer está mejor dotada
para lo esotérico. Está más cerca
de los diversos vientos . . .
Un día querrás cantar una milonga

comments on your twelve or twenty works.
A silent woman
(You, today. Another, tomorrow.)
will point at you with defiant hands.
And you won't be able to run and slap her
when you feel the mockery of the applause,
the empty smiles of the ladies of letters.

y no saldrá de ti
más que un chirrido
un mencionar tus doce o veinte obras.
Una mujer callada
(Tú, hoy. Otra, mañana)
te apuntará con manos desafiantes.

Y no podrás correr y abofetearla
cuando sientas la burla del aplauso,
la sonrisa vacía de las damas de letras.

In the Truest Sense of the Word

We cannot speak without intermediaries,
without white walls and books,
without the strange, comforting sounds
of the neighboring echoes,
which are also the echoes
of voices that never dared
to exist without the words.

So much opened up and plotted,
and we're still left sweat-drenched
and thirsty,
spent from struggles that lead nowhere,
somber refugees in sites
where the truth of everything is invented.

There's only one sense to what I'm saying,
but beware,
I, too, live off the traps.

En el mejor sentido de la palabra

No podemos hablar sin los intermediarios,
sin las paredes blancas y los libros,
sin el sonido extraño, confortante,
de los ecos vecinos,
que a la vez son los ecos
de voces que nunca
se atrevieron a ser sin las palabras.

Tanto abrir, tanto urdir,
para después quedarnos empapados,
sedientos,
sudorosos de luchas que no llevan a nada,
albergados sombríos en los sitios
que inventan la verdad de las cosas.

Hay un solo sentido en esto que te digo,
pero cuidado,
porque también yo vivo de las trampas.

There's Always Someone Listening

Since I've known
that I don't have to talk
in a special way to anyone
I have rid myself
of forty conversations
fifty-five myths
a childhood
that tasted of lard
and fried plantain
a handful of names
that appear
in my nocturnal voyages
an old farm woman
who serves me pottage
a handful of keys
an implacable executioner
who screams at me

Since I've known
that I don't have to talk
directly to anyone
there's always someone listening

And it isn't the walls
or the mirror
or the cat that pesters me
in the morning
or the plant that no longer
needs water
or the neighbor that scans
the business pages
or any type of god

Siempre hay alguien que escucha

Desde que sé
que no tengo que hablar
especialmente a nadie
me he sacado de adentro
cuarenta parrafadas
cincuenticinco mitos
una infancia
que me supo a manteca
y a plátano maduro frito
un puñado de nombres
que aparecen
en mis viajes nocturnos
una guajira vieja
que me sirve potaje
un manojo de llaves
y un verdugo implacable
que me grita

Desde que sé
que no tengo que hablar
directamente a nadie
siempre hay alguien
que escucha

Y no son las paredes
ni tampoco el espejo
ni la gata que jode
en la mañana
ni la planta que ya
no pide agua
ni el vecino
que escruta la página
de los negocios
ningún tipo de dios

or the worm that inhabits
the Florida weeds

It's just that now
there's always someone
listening

ni el gusano que habita
la maleza Florida

Es que ahora
siempre hay alguien
que escucha

In This Land/En estas tierras

"El dorado banal de tous les vieux garçons
Regardez, après tout, c'est une pauvre terre".

Charles Baudelaire,
"Un voyage à Cythère",
Les fleurs du mal (1857)

Little Sister Born in This Land

to Vicky

When you slip
slowly and lovingly
through my fingers
I cannot hold you
and explain a thousand things
Each time you smile
and show me your shoes with buckles
or tell me a story
of space flights
(How you would love to be a princess
in those absurd and bloody wars)
Each time you intrigue me
with your riddles
with your words
that will always be foreign
to our experience

It isn't a reproach
sister
Little sister born in this land
It's just that you will never know
of hens nesting
(Is there anywhere in your childhood
a similar feeling?)
Once upon a time
there was a boy
on paving stones so white
and excursions on foot
toys made of tin
There was also mystery
in the ravines
There were evil pirates
and brave corsairs

Hermanita nacida en estas tierras

a Vicky

Al escurrirte
lenta y cariñosa
entre mis dedos
sin poder sujetarte
y explicarte mil cosas
Cada vez que sonríes
o me muestras
tus zapatos de broche
o me cuentas
una historia de vuelos espaciales
(Cuánto quisieras ser princesa
de esas guerras absurdas
y sangrientas)
Cada vez que me intrigas
con tus *riddles*
con tus palabras
que serán siempre extrañas
a la experiencia nuestra

No es un reproche
hermana
hermanita nacida en estas tierras
Es que nunca sabrás
de gallinas echadas
(¿habrá en tu infancia
emoción parecida?)
Hubo una vez un niño
sobre lajas muy blancas
y paseos a pie
y juguetes de lata
Hubo también
misterio en las cañadas
Hubo piratas malos
y corsarios bravíos

There were lessons
for carving men
out of stone
There was caramel candy
and sweet potato pudding

It isn't a reproach
sister
Little sister born in this land
It's just that you have only
the joy of Disney heroes
Because you will smile
when the ingenious man
behind the cartoons
makes of you
of every child
a little clown
plastic and ridiculous

When you slip away
slowly and lovingly
I cannot invent
another childhood for you
cannot offer you mine
also nourished by heroes
but tasting of palm leaf
and *mamoncillo*
It did not suffer the mockery
of expensive toys
that the deceptive
ghost of December
brings to you

When you slip away
slowly and lovingly
we cannot bury together
in the backyard

Hubo lecciones
para sacar al hombre
de las piedras
Hubo crema de leche
y boniatillo

No es un reproche
hermana
hermanita nacida en estas tierras
Es que tú sólo tienes
la alegría
de los héroes de Disney
Porque sonreirás
cuando el señor genial
de los muñecos
haga de ti
de cada niño
un payasito plástico
y ridículo

Al escurrirte
lenta y cariñosa
sin poder inventarte
otra niñez
regalarte la mía
que aunque también
se alimentó de héroes
tuvo sabor a palma
y mamoncillo
Y no sufrió la burla
de los juguetes caros
que te regala
el fantasma engañoso
de diciembre

Al escurrirte
lenta y cariñosa

(That warm and always
open earth)
the models
that will take hold of you
that already stalk you
from their cardboard boxes
and their printed letters
on a glass of milk
or Coca-Cola

It isn't a reproach
sister
Little sister born in this land

sin que podamos juntos
enterrar en el patio
(Aquella tierra tibia
y siempre abierta)
esos modelos
que se irán imponiendo
que ya te acechan
desde su cartulina
y sus letras de molde
en un vaso de leche
o Coca-Cola

No es un reproche
hermana
hermanita nacida en estas tierras

These Sons of the Sun

If you turn around
they will turn around
If you stare at the treetop
they too will stare
If you talk to them
of that need
to create heroes
of that obsession
they can disguise no longer
their desire to cover
with aluminum foil
the American man's non-history
they won't follow your steps
or look at the treetop
They will watch you in silence
If you tell them
it is better
not to believe in the sun
they will be silent
If you speak of the poor
they will be silent
If you speak of the rich
they won't know what to say
If you throw yourself into the well
(because you don't share the dream
of these sons of the sun)
You will go headfirst alone
And they will watch you
from their treetops
mute

Estos hijos del sol

Si das la vuelta
ellos darán la vuelta
Si te fijas en la cima del árbol
ellos también se fijarán
Si les hablas
de esa necesidad
de crear héroes
de esa obsesión que ya
no disimulan
de ese querer cubrir
con papel de aluminio
la no-historia del hombre americano
no seguirán tus pasos
ni mirarán la copa
Te mirarán a ti
en silencio
Si les dices
que es mejor
no creer en el sol
callarán
Si les hablas del pobre
callarán
Si les hablas del rico
no sabrán qué decir
Si te tiras al pozo
(por no compartir el sueño
de estos hijos del sol)
te irás tú solo bocabajo
y ellos te observarán
desde sus copas
mudos

The New Citizens

Today
the housewife
left her apron behind
the slave
abandoned the factory
and the Asian lost his sight
in the light of his inseparable flash

And they arrived

Painted faces
high heels
ties
dictionaries
papers no one read
but full of answers

Today
they acted like children
who repeat
uncomprehending
the rules of an exciting game
They listened anxiously
to the words
of the minister
And finally
they raised their hands
like those who hold up with their fingers
the weight of a new lie

Los nuevos ciudadanos

Hoy
el ama de casa
dejó su delantal
el esclavo
abandonó la factoría
y el asiático perdió los ojos
por la luz del flash inseparable

Y llegaron

Caras pintadas
tacones altos
corbatas
diccionarios
papeles no leídos
pero llenos de respuestas

Hoy
fueron como niños
que repiten sin saber
la regla de un juego emocionante
escucharon ansiosos
las palabras
del ministro
Y alzaron las manos
finalmente
como quien sostiene con los dedos
el peso de una nueva
mentira

The Children of Newport Beach

There is sun and sea
in the white creases of their faces
grains of salt and
toys of fire
They can speak only
of their exploits
of their sails
You see them there
in mirrored sunglasses
They almost look like men
wearing their terry cloth shorts
In each hand a beer
which they claim
gushes out of the rocks.

It's pleasant to watch them
having fun
From the sea-blue
of their patios
they will sign their names
It will be difficult for them
because they've barely begun
From the past
they inherited only
a bible of numbers

And the tanned kids
in their smallness
teach lessons to the world
masters of their little houses
masters of their paper boats

Los niños de Newport Beach

Hay sol y mar
en sus arrugas blancas
granos de sal
y juguetes de fuego
Sólo pueden hablar
de sus hazañas
de sus velas
Allí los ves
en sus gafas de espejo
Casi parecen hombres
Llevan sus shorts
de felpa
y en cada mano
una cerveza
que según ellos
brota de las piedras

Da gusto verlos
divertirse
Desde el azul marino
de sus patios
escribirán sus nombres
Y les será difícil
porque apenas empiezan
Del pasado heredaron
nada más
una biblia de cifras

Estos niños bronceados
dan lecciones al mundo
Desde su pequeñez
amos de sus casitas
y de sus barcos
de papel

No one can touch them
Without knowing us
without seeing us
they play
Because there is neither sun nor surf
in our corner
But you and I
have discovered
that they only know
how to be children.

Nadie puede tocarlos
Juegan sin conocernos
y sin vernos
Porque no hay sol ni espuma
en nuestra esquina
Pero tú y yo
lo descubrimos
Ellos sólo saben
ser niños

. . . In the Land of Hypnosis

I have heard the latest news.
And still, the weight of
this calm infects me;
it feels like a plot,
a paid attempt
to instigate my silence,
to make me invulnerable,
to force me to give in
to calculated mass hypnosis.

It is a crazy man's wager,
the Armageddon in a glass of milk
or Coca-Cola,
the speck in one's eye
when it blocks out
a much deeper
evil.

... En el país de la hipnosis

He escuchado las últimas noticias.
Y el peso de esta calma todavía
me infecta;
La siento como ardid,
como intento pagado
de instigar mi silencio,
de hacerme invulnerable,
de obligarme a ceder
a la hipnosis masiva
y calculada.

Es la apuesta de un loco,
el diluvio en un vaso de leche
o Coca-Cola,
la pajilla en el ojo
cuando esconde un mal
mucho más hondo.

Guernica in New York

to Lydia

We shall talk
of a bombardment by commercials
of spermcut styles
warm under the heat of a grand poster
that says

OFF-HOURS WAITING AREA

We will enter a crystal ball
where suddenly
the air becomes cool
artificial
and New York converts itself into a tour
of thirsty tourists
buyers of t-shirts
absorbed in the testimony of
an Artist-God
Their numb looks
anticipating
the horrid and grotesque

GUERNICA

Later
they will make the sign of the cross
in the name of the Father
the Son
and Picasso

We will remember
an instant that repeats itself
sweat along the back
sound measuring time
of an illuminated box

Guernica en Nueva York

a Lydia

Hablaremos
de un bombardeo de anuncios
de la moda de *spermcuts*
abrigados al calor de un gran cartel
que dice

OFF-HOURS WAITING AREA

Entraremos a una bola de cristal
donde sin darnos cuenta
el aire se hace fresco
artificial
y New York se convierte en un tour
de turistas sedientos
compradores de t-shirts
absortos en el testimonio de
un Artista-Dios
Sus miradas entumecidas
anticipantes
de la grotesca y horrorosa

GUERNICA

Se persignarán después
en el nombre del Padre
del Hijo
y Picasso

Recordaremos
un instante que se repitirá
un sudor en la espalda
el sonido en contramarca
de una cajita iluminada

As if everything
                    the street
                    the Bronx lights on the river of oil
                    the greenish statue
would pulsate
in that Apple box
that eats away the seconds

And we will again feel the breeze
the force that erases
the pestilence of the urine
pressed into our skin
as we run down the hallway
to arrive at another door with no key
with no lock
where the welfarers hide
thirsty

Finally we shall discover
a button off Broadway
that says

I LOVE GUERNICA
I LOVE NEW YORK

I love New York
the way I love my Florsheim shoes
my Gucci bag
my Macy's label
or my haircut with a tail
The last scream!
I love New York
the way I love you

GUERNICA

Como si todo
            la calle
            las luces del Bronx sobre el río de aceite
            la estatua verdosa
estuviera pulsado
en esa cajita de manzanas
que se come los segundos

Y sentiremos otra vez el viento
fuerza que borra
la pestilencia del orine
impregnada de nosotros
al correr pasillo abajo
al llegar a otra puerta sin llavín
sin cerradura
donde se esconden welfearistas
sedientos

Descubriremos finalmente
un botoncito por la Broadway
que dirá

I LOVE GUERNICA
I LOVE NEW YORK

Yo quiero a Nueva York
como quiero mis zapatos de Florsheim
mi bolsita de Gucci
mi etiqueta de Macy's
o mi corte de pelo con rabito
¡Ultimo grito!
Yo quiero a Nueva York
como te quiero a ti

GUERNICA

painted once more
in each skyscraper
in each rape
in each victim

New York, September 16, 1980

una vez más pintada
en cada rascacielo
en cada violación
en cada víctima

Nueva York, 16 de septiembre de 1980

Friday the Thirteenth Once Again

to Eugenio

The cup of Cuban coffee
trembles in your fingers
It is good coffee
made by skillful hands
You look down at the floor
through your lenses
You're young and dark
and you can speak with authority
about our myths
You drink calmly
and you ask me for cigarettes
You observe me
as if I were a mirror

I will think of her
while I sweat with the fever
of a child's cold
She's alone out there
And you probably don't know
that for days now
she's been filling out
forms
She believes
in this elected Republic
She believes
in this superior race
and in the Strong Ones
You probably don't know
that for days now
she's been praying
to her million saints
She hasn't seen me
when she's looked at me
We haven't talked

Otra vez martes trece

a Eugenio

Tiembla la taza de café
sobre tus dedos
café criollo
hecho por manos diestras
Miras al suelo
a través de tus lentes
Eres moreno y joven
y hablas muy bien
de nuestros mitos
Bebes con calma
y me pides cigarros
Me contemplas
como si fuera yo un espejo

Mientras sudo la fiebre
de un catarro infantil
pensaré en ella
que está sola allá afuera
Tú no sabrás
que hace ya varios días
ha estado llenando
cuestionarios
Ella cree
en la República elegida
en la Raza dotada y en los
Fuertes
Tú no sabrás
que hace ya varios días
ha estado rezando
a su millón de santos
Me ha mirado sin verme
No hemos podido hablar

You probably don't know
when you see her jump up
(You sane-and-absent-young-man)
that this has been her victory
that a dirty little old man
has promised her
paradise
he has gotten into her blood
he has filtered through the
sweetness of her coffee

You probably don't know
that today has been Friday
Friday the Thirteenth
once again

November 4, 1980

Tú no sabrás
cuando la veas saltar
(Tú niño-sano-ausente)
que ha sido su victoria
que un ancianito sucio
le ha prometido el paraíso
se ha metido en la sangre
de mi vieja
se ha colado en lo dulce
de su café

Tú no sabrás
que hoy todo el día fue martes
otra vez martes trece

4 de noviembre de 1980

Christmas Card

Life in a Christmas card
goes by slowly.
Some nights you think
that you have finally
torn up
the cardboard
and the golden words
of the drawing,
> that façade of quiet little houses
> dressed in white.

Other nights you forget
your own name.
You're conquered then
by the fragrance of nuts
and fruitcake
(that is, if you managed
to get rid of your fatigue
after shopping).

That need to get caught
in the little traps.
That need,
never satisfied,
can mask the brightness
of the words.

Then life mocks your
commitments.
It slyly displays them
before you.
You forget the face that
only last year

Tarjeta navideña

La vida en una tarjeta navideña
transcurre lentamente.
Algunas noches piensas
que por fin has rasgado
el cartón
y las palabras doradas
del dibujo,
  esa portada de casitas calladas,
  vestidas de blanco.

Otras noches te olvidas
de tu nombre.
Te conquista entonces
el olor a nueces
y a pastel de frutas
(Si es que has podido
despegarte el cansancio
de las compras).

Esa necesidad de
cumplir con las
pequeñas trampas.
Esa necesidad
que nunca satisfaces
puede opacar el brillo
de las letras.

Luego la vida se burla
de tus compromisos,
te los despliega
socarronamente.
Se te olvida
la cara
que hace apenas un año

you could connect to a name.
And worse yet:
The words from long ago lose meaning,
"Merry Christmas to you,
Mr. and Mrs. . . ."

Life in a Christmas card
goes by slowly,
far from the world . . .

asociabas con
algún apellido.
Peor aún:
pierden sentido las palabras de siempre,
"Merry Christmas to You,
Mister and Missis . . ."

La vida en una tarjeta navideña
transcurre lejos del mundo,
lentamente . . .

Union Pacific

They've promised me
a great experience:
from Denver to Wyoming.
People crowd in.
We're pushed.
We bump into
cameras,
long tubes
that capture inaudible
sounds.
The sign surprises me:
THIS ENGINE'S SMOKE
IMPROVES YOUR HEALTH.

The first stop.
They get off running.
They make a line
by the tracks.
The old train chugs by,
it bathes us in cinders
and it moves, airy,
while the passengers
take its picture.
They all scream together.
They jump.
Their caps fly.
Sublime happiness.
Intense pleasure.

The second stop.
Another series of photos.
I observe them through the window.
But they want to take me with them.
They say that in the first car

Union Pacific

Me han prometido
una gran experiencia:
de Denver a Wyoming.
Se amontona la gente.
Nos empujan.
Tropezamos con
cámaras,
largos tubos
que sirven
para captar sonidos
inaudibles.
Me sorprende el letrero:
EL HUMO DE ESTA LOCOMOTORA
MEJORA LA SALUD.

La primera parada.
Bajan todos corriendo.
Forman filas
al lado de los rieles.
El viejo tren se impulsa,
nos baña de polvo
y se desplaza airoso
mientras los pasajeros
lo retratan.
Gritan juntos.
Dan saltos.
Hacen volar sus gorras.
Alegría sublime.
Gozo intenso.

La segunda parada.
Otra serie de fotos.
Los observo a través del cristal.
Pero quieren llevarme.
Dicen que en el primer vagón

the sound of the choo-choo
can be heard wonderfully.

There are people here
from every corner of the country.
T-shirts, overalls, braids, beards.
One of them makes a confession to me:
as soon as he gets home,
he will turn on the tape player
and he will listen eagerly to the whistle.
He will spread out the photos
and he will again feel on his skin,
on his tongue,
in his throat,
the sweet ashes
of the Union Pacific.

se puede oír maravillosamente
el sonido del chu-chu.

Hay gente aquí
de todos los rincones del país.
Camisetas, overols, trenzas, barbas.
Uno de ellos me confiesa
que al llegar a su casa
pondrá la grabadora y
escuchará el ansiado silbido.

Desplegará las fotos y
volverá a sentir en la piel,
en la lengua,
en la garganta,
la ceniza dulce
del Union Pacific.

In the Land of Oz

They tell me
that the Wizard of Oz
is in hiding. It must be true,
because I haven't seen him.
Dorothy is now a round-faced lady,
proud of her polyester suit
and her boots. Dorothy is also
a little girl who has never seen
a Black person or a Hispanic.
Or she's the owner of a mansion
in Eastborough.
Or she's the store clerk
who thinks I have an accent
after just looking at me.
Or the police officer who stops me
because he thinks my face is strange,
because I don't drink milk,
and I don't talk about Jesus.
Oz is the kingdom of
Republican youths.
Toto is a dog
that defends to the death
this sacred empire of morality.
The munchkins, the foreigners, and
the perverts have been driven
underground, tricked by stories
of ferocious tornados
and racist winds
that will come to eat them.
The yellow brick road
only leads to church.
"Degrading" themes are prohibited.
Books are censored. And there are rumors
at the university about a witch burning.
Oh! Because the Land of Oz

En el reino de Oz

Dicen
que el Mago de Oz
está escondido. Debe ser
cierto, porque yo no lo he
visto. Dorotea es ahora una
señora de cara redonda, orgullosa
de su traje-poliéster y de sus
botas. Dorotea es también una
niña que nunca ha visto a un
negro o a un latino. O es la
dueña de un caserón en
Eastborough. O la
empleada de una tienda que
de sólo mirarme piensa que tengo
acento. O el policía que
me detiene porque mi cara le es
extraña, porque no bebo leche
ni hablo de Jesucristo.
Oz es un reino de jóvenes
republicanos.
Toto es un perro que
defiende a morir este
imperio sagrado de la
moralidad. Los enanos, los
extranjeros y los perversos
han sido recluidos bajo tierra,
engañados con cuentos de tornados
feroces y vientos racistas que
vendrán a comérselos. El sendero
amarillo sólo llega a la Iglesia.
Se prohíben los temas "degradantes".
Se censuran los libros. Y se escuchan
rumores en la universidad de una
quema de brujas. ¡Ah, porque en el reino
de Oz también hay profesores! Y hay

also has professors. And wise disciples
whose only goal is to convert us.
In the Land of Oz things are different.
How could Judy Garland
be so wrong?

discípulos sabios cuya única meta
es convertirnos. En el reino de Oz
son distintas las cosas.
Qué equivocada estaba
Judy Garland.

San Antonio, Republic of Texas

Cowboys rule
in San Antonio.
Cowboys without Indians.
They're virile, primitive,
unthinking.
They dominate us
with looks that say,
"Don't get near me, beaner."
In other states
they look down on us
because they don't know us.
Here, they do it
because we flood every corner
with restless and at times
demanding voices.

Old women have
a reason-for-being
in San Antonio:
They're in charge
of preservation.
The military
fight against the world,
like everywhere else.
And there's a palace
by the riverbank
where they have mariachis.
They play "La Bikina"
for lonely ladies,
or so that the young
blonde lovers can celebrate
their birthdays.

San Antonio, República de Texas

En San Antonio
mandan los vaqueros.
Cowboys sin Indians.
Viriles, primitivos,
no-pensantes.
Nos dominan con
miradas de
"no-te-acerques-beaner".
En otros estados nos
desprecian
porque nos desconocen.
Aquí porque inundamos
los rincones
con voces inquietas y
a veces exigentes.

En San Antonio
las ancianas tienen
una razón de ser:
se encargan
de la preservación.
Los militares militan
contra el mundo,
como en todas partes.
Y en un lugar del río
hay un palacio
con músicos mariachis.
Tocan "La Bikina"
para las señoras
solitarias,
o para que los novios
adolescentes, rubios,
celebren algún
cumpleaños.

Speaking of San Antonio,
Republic of Texas,
its great temple
still carries
the bullet marks,
the scratchings left by the wind
and the people.
It is still a penetrable Alamo.
The miniature model inside:
thousands of little dead
soldiers.

A propósito de San Antonio,
República de Texas,
su gran templo
sigue cargando
las marcas de las balas,
los arañazos del viento
y de la gente.
Es un Alamo penetrable todavía.
Reproducido en miniatura:
miles de soldaditos
muertos.

Wish You Were Here

My dear friend:

I hope this letter finds you in good health. I'm having a wonderful time here with my dear husband. From the very first moment, at the airport, you're overwhelmed by the silver palm trees, the carpeting, the glass doors. Then you cross the street, and the heat of las Vegas devours you.

We're staying in a Greek palace. Or is it Roman? Oh, well, it's ancient-looking, with statues and flowers and beautiful fountains. They clean our room every day. And we've seen shows that I can't even begin to describe to you. The casinos are big and luxurious. Everywhere you go you hear the sounds of conversation, coins, and machines. The screams of the winners can be heard all the way to our room. You can hear the screams of the losers, too, I imagine.

I haven't gambled yet, but I'm getting terribly curious. Everybody laughs. Everybody's happy in this town. Everybody invites you to have fun. Oh, well, I won't bore you with any more details of this dream that's finally real after so much effort. We wish so much that you were here with us. Hugs and kisses. Greetings from my husband.

Your dear friend

Si estuvieras aquí

Mi querida amiga:

Espero que al recibo de estas líneas te encuentres bien. Por acá pasándola de maravilla, en compañía de mi adorado esposo. Desde el primer momento, ya en el aeropuerto, te sorprenden las palmeras de plata, las alfombras, las puertas de cristal. Luego cruzas la calle, y el calor de Las Vegas te devora.

Nos estamos quedando en un palacio griego, o romano, bueno, antiguo, con estatuas y flores y fuentes preciosas. Nos arreglan el cuarto diariamente. Y hemos visto unos shows que para qué contarte. Los casinos son grandes y lujosos. Por dondequiera hay ruidos de conversaciones, de monedas y máquinas. Hasta en la habitación escuchamos a veces los gritos de la gente que gana. Me imagino que también de la gente que pierde.

Yo no he jugado todavía, pero me está llegando una curiosidad terrible. Todo el mundo sonríe. Todo el mundo es feliz en este pueblo. Todo el mundo te invita a divertirte. Bueno, ya no te aburro más con los detalles de este sueño que por fin realizo después de tanto esfuerzo. Cuánto nos gustaría que estuvieras aquí con nosotros. Te mando muchos besos. Saludos de mi esposo.

Tu querida amiga

Rancho Arriba

Rancho Arriba is far from the crowds.
It is a ramshackle dump
that rises
from the mud.
You have to break your neck
to find its misspelled sign:
WELCOME TO SANTA FE
RANCHO ARRIVA.

Then you can invade its silence,
admire the rifle collection,
the numerous animal heads,
the trophies.
Buzzings:
Your hostess tells you
that it is probably an Indian's spirit
in pain
or the sinister soul
of a Conquistador.

It's not difficult to imagine history here.
The castles of adobe,
the rotting crosses of old Castile,
a name that wants to be more honorable
and another one that insists on being included
in the books.

Green chili. Posole.
And threats.
Rancho Arriba is a thorn that reminds me,
that reminds them of who I am,
of who we are.

Rancho Arriba

Rancho Arriba está lejos del tumulto.
Es un rincón destartalado que se alza
en el lodo.
Hay que romperse el lomo
para encontrar su cartel mal escrito:
WELCOME TO SANTA FE
RANCHO ARRIVA.

Luego puedes invadir su silencio,
admirar la colección de rifles,
las múltiples cabezas de animales,
trofeos.
Zumbidos:
La anfitriona te dice que es
el espíritu en pena de algún indio,
o el alma siniestra
de algún conquistador.

No es difícil imaginarse aquí la historia.
Los castillos de adobe,
las cruces carcomidas de la vieja Castilla,
un nombre que quiere ser más rancio,
y otro que se niega a no ser incluido
en los libros.

Chili verde. Posole.
Y amenazas.
Rancho Arriba es una espina que me recuerda,
que les recuerda a ellos quién soy,
quiénes somos.

Hawaii

In Hawaii I know
a lovely couple.
He is a pilot for the air force.
She is a navy lieutenant.
They have built their nest
next to the sea.
There they plan for a distant future,
a world full of love, children,
grandchildren.
In a cottage washed by the waves
they house the famous visitors:
Filipino landowners,
honest rulers of Democracy,
and an abundant assortment of the military variety.

This tender couple offers their visitors
sumptuous banquets.
They say they admire the poets.
They can speak of Wordsworth and
cite the great novelists.
Catch 22, The Scarlet Letter.
Even *Satyricon* is in their
library.
I was invited once
to contemplate from the balcony
the island:
surfers in the wind,
fine sand,
and at a distance
powerful radars.

For this they are in Hawaii.
The newly wedded youths
detect possible invasions.

Hawai

En Hawai yo conozco a una
linda pareja.
El es piloto de la fuerza naval.
Ella es teniente de marina.
Han construido su nido
junto al mar.
Allí piensan en futuros lejanos,
mundos llenos de amor, hijos,
nietos.
En un cottage bañado por las olas
alojan a los famosos visitantes:
terratenientes filipinos,
gobernantes honestos de la democracia
y un surtido copioso de militares varios.

Esta tierna pareja ofrece a la visita
opíparos banquetes.
Dicen que admiran a los poetas.
Pueden hablar de Wordsworth y
citar a los grandes novelistas.
Catch 22, The Scarlet Letter.
Hasta el *Satiricón* está en su
biblioteca.
Una vez me invitaron
a contemplar desde el balcón
la isla:
surfeadores al viento,
arena fina
y a lo lejos
radares poderosos.

Para eso están ellos en Hawai.
Los jóvenes recién casados
detectan invasiones posibles.

They guard, define, catalogue
suspicious marine bodies.
They protect the country,
so that everyone, even
writers,
can continue to be free.
Free from what? I dare
ask them.
Free from the enemy, they
answer.
Free from war,
they add, with great confidence.

I am going to write of this beautiful
uniformed island, I warn them.
What a grand idea, they urge me, pleased.

Vigilan, definen, catalogan
cuerpos marinos sospechosos.
Protegen al país,
para que todos, hasta los
escritores,
podamos seguir siendo libres.
¿Libres de qué?, me atrevo
a preguntarles.
Libres del enemigo, me
responden.
Libres de guerra,
agregan, con gran seguridad.

Voy a escribir sobre esta hermosa
isla uniformada, les advierto.
Qué buena idea, me exhortan, complacidos.

Banal El Dorado

The same pain as always,
the same tightening of my throat.
I long for the maternal warmth
of this boulevard in Los Angeles.
The empty streets, the endless
offices, the yellowed windows,
the silent neighborhoods,
the smog, and Holly's and Raymond's.
The countless films on video,
packaged like books.
The soap operas. The old people,
fading away, sadder each summer.
The young as well, in their own way,
are gently leaving me behind.
I long for their laughter,
their breath of just-made life.

When the young are like us,
or like the older ones, perhaps
they won't remember. Maybe that's
why I speak to the little sister
in love with Prince or Billy Idol.
It is because of her that I feel,
leave my imprint on, search for,
observe, suffer and await these
poor places which are also tempting
El Dorados. One day they brought us
here and the world was wide open for
us. At the same time we were held down
by memories. My memories, obsessive
ones, speak of a past more intense
and more real than the present.

Who knows, maybe it's true
that we spend our lives attempting

El Dorado banal

El mismo dolor de siempre,
la misma apretazón en la garganta.
Añoro el calor maternal del bulevar
angelino. Sus calles vacías,
sus interminables oficinas,
sus vidrieras amarillentas,
sus residencias mudas,
su smog y sus Holly's y Raymond's.
Las múltiples películas en video,
empaquetadas como si fueran libros.
Las telenovelas. Los viejos,
que se van acabando,
que cada verano están más tristes.
Los jóvenes que también a su modo
van dejándome atrás suavemente.
Añoro su risa, su aliento de sangre
recién hecha.

Cuando los jóvenes sean como nosotros,
o como los más viejos, tal vez
no se acuerden. Quizá por eso
le hablo a la hermanita enamorada
de Prince o Billy Idol. Es por ella
que siento, imprimo, busco, observo,
sufro, espero estos lugares pobres
que también son Dorados tentadores.
Un día nos trajeron aquí para abrirnos
el mundo y sujetarnos a la vez con los
recuerdos. Los míos, que son obsesionantes,
me hablan de un pasado más intenso,
más verdadero que el presente.

Quién sabe sea cierto
que pasamos la vida tratando de
realizar los sueños que soñamos

to fulfill the dreams we dream in the
familiar space of memory. A space where
we are neither free nor brave, but where
we are safe, innocent, confident.
Innocence is the kingdom of the little
Vickys, of the chatty Paolas, of the
clumsy Andrews. The kingdom of
Grandfather Tomás is like that of those
children. We take care of him. We bring
the food to his mouth. We answer for him.
We force him to exist, to carry on.
The kingdom of Grandmother is still me,
my voice, my embrace, my well-being.
The kingdom of the lost generation,
my parents, is in slavery, in duty,
in melodrama, in survival.

My kingdom is within,
in that world which my shadow seeks
in the caresses that are given to me
secretly and in the moist ones I give.
In all the voyages, in all the people.
Inside the nightmares. Storyteller,
obsessed, naive, criticizer.
While five hundred women and children
die in the Sumpul River. Three thousand
in Morazán. Not counting the ghosts
of Buenos Aires. While the president cites
his best performances and offers us a
grand finale. Because after all, little
sister, we have arrived at this boulevard
in Los Angeles to stay.

August 18, 1985

en el espacio familiar de la memoria.
Un espacio donde no somos libres
ni somos valientes, pero donde estamos
a salvo, inocentes, confiados.
La inocencia es el reino
de las pequeñas Vickys,
de las Paolas parlanchinas,
de los Andreses torpes.
El reino de don Tomás
se parece al de esos niños.
Lo cuidamos. Le acercamos a la boca
la comida. Contestamos por él.
Lo obligamos a ser, a continuarse.
El reino de la abuela sigo siendo yo,
mi voz, mi abrazo, mi bienestar.
El reino de la generación perdida,
mis padres, está en la esclavitud,
en el deber, en el melodrama,
en la supervivencia.

El mío está adentro,
en aquel país que mi sombra busca,
en las caricias que en secreto
me dan y doy, húmedamente.
En todos los viajes, en toda la gente.
Adentro, en las pesadillas. Discursero,
maniático, ingenuo, criticón.
Mientras quinientas mujeres y niños
mueren en Río Sumpul. Tres mil en Morazán.
Sin contar los fantasmas de la Tierra de Mayo.
Mientras el presidente cita sus mejores
performances y nos ofrece un gran *finale*.
Porque después de todo, hermanita,
hemos llegado al bulevar angelino
para quedarnos.

18 de agosto de 1985

On the Translations

Karen Christian translated "In Quotes" and ". . . In the Land of Hypnosis."

Miguel Gallegos and Karen Christian translated "Song for an Old Friend," "Grandfather," "Promises of a Valentine's Day," "Once Upon a Time in Spain," "The First Snow of November," "The Cruelest Lies Are Told on Sundays," "From This Shore," "Guernica in New York," and "Hawaii."

Elías Miguel Muñoz and Karen Christian translated "Returning," "The Coupe de Ville," "The Dissident Woman," "The Heroic Mambisa," "Altered States," "Beauty Queen," "S & M," "Renegade Believer," "Complex Robot," "Lady of Letters," "In the Truest Sense of the Word," "There's Always Someone Listening," "These Sons of the Sun," "The New Citizens," "The Children of Newport Beach," "Friday the Thirteenth Once Again," "Christmas Card," "Union Pacific," "In the Land of Oz," "San Antonio, Republic of Texas," "Wish You Were Here," and "Rancho Arriba."

Miguel Gallegos, Elías Miguel Muñoz, and Karen Christian translated "Black Dandy," "Little Has Been Written about Cowards," "Little Sister Born in This Land," "Portrait of My Mother," and "Banal El Dorado."

Acknowledgments (*continued*)

"Little Sister Born in a Foreign Land." *Prodigal Sun*, No. 3 (1982): 16.

"El coupe de ville." *Tropos*, Vol. 9, No. 1 (1982): 59-61.

"Guernica 1980." *Maize*, Vol. 5, Nos. 1-2 (Fall-Winter 1981-1982): 48-50.

"Retrato de mi madre," "El coupe de ville," "Los nuevos ciudadanos," "Otra vez martes trece," "Desde esta orilla." In *Literatura fronteriza. Antología del Primer Festival San Diego-Tijuana*. San Diego: Maize Press, 1982, 76-84.

"Los niños de Newport Beach," "Estos hijos del sol," "Hermanita nacida en estas tierras." In *Hispanics in the United States. An Anthology of Creative Literature. Volume II.* Francisco Jiménez and Gary D. Keller, eds. Ypsilanti, MI: Bilingual Press, 1982, 59-61, 78-80.

"La heroína Mambisa," "Entre comillas," "Estados alterados." In *Nueve poetas cubanos*. Madrid: Editorial Catoblepas, 1984, 55-62.

"In the Land of Hypnosis." *Mikrokosmos*, No. 31 (1985): 86.

"En el mejor sentido de la palabra." *Alba de América*, Vol. 5, Nos. 8-9 (July 1987): 243.

"Rancho Arriba," "En el reino de Oz." *Chasqui*, Vol. 16, No. 2 (November 1987): 116-118.